Für meinen Vater, für Tina und für meinen Sohn Errol – ich habe dieses Buch
für euch geschrieben; für Jeni Whelan, die fantastische Bibliothekarin –
deine Liebe zu den Büchern war ansteckend; und für meine brillante, liebe,
lustige Freundin und Lehrerin Kate Mcinally – ich vermisse dich.
J. W.

Für meine Eltern – danke, dass ihr mich gefüttert und gekleidet und all die Jahre
mit den Materialien für meine Kunst versorgt habt; für meinen Sohn und meine Tochter –
ihr seid meine Motivation, zu zeichnen.
D. M.

Weitere Informationen zum Kinder- und Jugendbuchprogramm
der S. Fischer Verlage finden sich auf www.blubberfisch.de und
www.fischerverlage.de

MIX
Papier aus verantwor-
tungsvollen Quellen
FSC® C012536
FSC
www.fsc.org

Erschienen bei FISCHER Sauerländer

Die amerikanische Originalausgabe erschien 2016
unter dem Titel ›Introducing Teddy – A gentle story about gender and friendship‹
bei Bloomsbury Children's Books, USA.
Bloomsbury is a registered trademark of Bloomsbury Publishing Plc.
Dieses Werk wurde vermittelt durch die literarische Agentur Thomas Schlück GmbH,
30827 Garbsen
Text © 2016 Jessica Walton
Illustrationen © 2016 Dougal MacPherson

Für die deutschsprachige Ausgabe:
© 2016 S. Fischer Verlag GmbH, Hedderichstr. 114, D-60596 Frankfurt am Main
Umschlaggestaltung: Norbert Blommel, MT-Vreden,
unter Verwendung einer Illustration von Dougal MacPherson
Satz: Norbert Blommel, MT-Vreden
Druck und Bindung: Druckerei Theiss GmbH, St. Stefan im Lavanttal
Printed in Austria
ISBN 978-3-7373-5430-1

Jessica Walton   Dougal MacPherson

TEDDY
TILLY

Aus dem Englischen von
Anu Stohner

✖ | SAUERLÄNDER

Finn und Thomas, der Teddy, spielen jeden Tag zusammen.

Sie radeln über den Hof.

Sie pflanzen Gemüse im Garten.

Sie machen Picknick im Baumhaus.

Und wenn es regnet, gibt es drinnen Kekse und Kakao.

Eines Tages wachte Finn morgens auf und sah,
wie schon die Sonne ins Zimmer schien.
»Juhu!«, jubelte er. »Steh auf, Thomas, heute
gehen wir zum Spielen in den Park!«

Aber Thomas, dem Teddy, war heute nicht nach Spielen zumute.

»Du siehst ganz schön traurig aus«, sagte Finn.
»Aber wart's ab, Spielen im Park ist das beste Mittel dagegen!«

Thomas, der Teddy, war sich da nicht so sicher.

»Du liebe Zeit, heute hilft ja nicht mal Schaukeln!
Was ist denn los mit dir, Thomas? Sag schon!«

»Wenn ich's dir sage, bist du vielleicht nicht mehr
mein Freund«, sagte Thomas, der Teddy.

»Ich werde *immer* dein Freund sein«, sagte Finn.

Thomas, der Teddy, holte tief Luft, dann sagte er: »Ich muss endlich ich selber sein. Tief in meinem Herzen weiß ich schon immer, dass ich ein Teddymädchen bin, kein Teddyjunge. Ich würde viel lieber Tilly heißen als Thomas.«

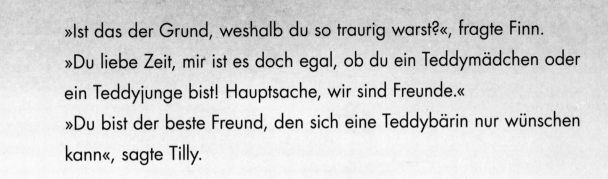

»Ist das der Grund, weshalb du so traurig warst?«, fragte Finn.

»Du liebe Zeit, mir ist es doch egal, ob du ein Teddymädchen oder ein Teddyjunge bist! Hauptsache, wir sind Freunde.«

»Du bist der beste Freund, den sich eine Teddybärin nur wünschen kann«, sagte Tilly.

»Jetzt, wo's dir besser geht, rufen wir unsere Freundin Eva an, einverstanden?«, sagte Finn.

»Hallo, Eva! Teddy und ich sind im Park.
Kommst du mit uns spielen?«
»Klar doch! Ich muss nur noch schnell
meinen Roboter fertigbauen …«

»Hallo, Finn! Hallo, Thomas!«, rief Eva, als sie angesaust kam.

»Hallo, Eva!«, sagte Finn. »Teddy hat einen neuen Namen.
Darf ich dir Tilly vorstellen?«
»Super Name!«, sagte Eva. »Komm, Tilly, wir schaukeln!«

»Ich muss nur noch schnell meine Fliege abnehmen«, sagte Tilly, das Teddymädchen. »Die wollte ich schon immer lieber als Haarschleife benutzen.«

»Tu, was dir gefällt!«, sagte Eva. »Ich mag beim Schaukeln keine Haarschleife.
Ich lass die Haare lieber frei flattern …«

Finn, Eva und Tilly spielten
den ganzen Morgen, bis es Zeit war,
nach Hause zu gehen.

»Komm doch bald mal zu Keksen und Kakao vorbei!«, sagte Finn,
als Eva auf ihren Roller stieg.

»Mach ich! Und ich bring einen Freund mit!«, rief Eva, als sie davonsauste.

Finn und Tilly, das Teddymädchen, spielen jeden Tag zusammen.

Sie radeln über den Hof.

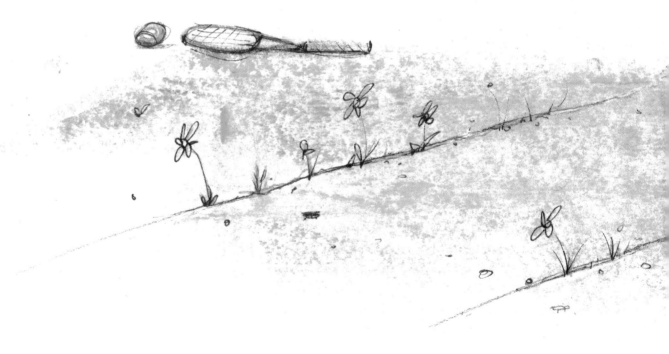

Sie pflanzen Gemüse im Garten.

Sie machen Picknick im Baumhaus.

Und wenn es regnet, gibt es drinnen Kekse und Kakao.

Jessica Walton ist 30 Jahre alt und lebt mit ihrer Lebensgefährtin und ihrem Sohn in der Nähe von Melbourne, Australien. Sie liebt Literatur, Brettspiele, die Ukulele, das Singen und knallbunte Beinprothesen. Sie selbst ist Tochter einer transsexuellen Frau.

Dougal MacPherson zeichnete einst einen Bagger und einen Laster, um seinen kleinen Sohn an einem verregneten Nachmittag aufzuheitern. Seitdem gestaltet er die unterschiedlichsten Websites. Seine Arbeiten sind bei Instagram zu sehen und er teilt seine »15 Minuten-Zeichnungen« bei Twitter. »Teddy Tilly« ist sein erstes Bilderbuch. Er ist verheiratet, hat zwei Kinder und lebt in Melbourne, Australien.

Tilly

Wir danken unseren Frauen für die Unterstützung während der Zeit, in der wir dieses Buch geschrieben, illustriert, wieder und wieder verbessert und promotet haben. Ihr seid beide wunderbar.

Wir danken Sarah Shumway, Brianne Johnson, Charlotte Walton, Tina Healy, Ally Healy, Victoria Harrison, Erica Hateley und Jennifer Lynn für die Hilfe bei der Arbeit am Text.

Wir danken unseren Kickstarter-Unterstützern – ohne euch hätten wir es nie geschafft! Ganz besonders danken wir Hamish MacPherson und seiner Familie, Rob Miller, Dr. Fintan Harte, East West Homes, James Healy, Andrea Foxworthy, Ava Healy-Foxworthy, Sue Naegle, Cordelia Marie Millerwhite, Yvette Vincent, Lynette Funnell, Charmaine Reader und Ally Healy.